SCÈNE XI.

LE
MARQUIS EN GAGE,

COMÉDIE-VAUDEVILLE EN UN ACTE,

par MM. Mélesville et Eugène,

REPRÉSENTÉE POUR LA PREMIÈRE FOIS, A PARIS, SUR LE THÉATRE DU GYMNASE-DRAMATIQUE,

LE 29 DÉCEMBRE 1838.

PERSONNAGES.	ACTEURS.	PERSONNAGES.	ACTEURS.
LE MARQUIS DE FLORY.	M. NUMA.	UN OFFICIER de l'ambassade	
Mlle DEFRESNE.	Mme JULLIENNE.	de Sardaigne.	M. PRAGUE.
HENRIETTE, sa nièce.	Mme GRASSOT.	UN NOTAIRE.	M. BORDIER.
JULES, jeune peintre.	M. RHOZEVILLE.	PICARD.	M. DUPUIS.
MAGLOIRE, cordonnier.	M. BERNARD-LÉON.	AMIS DE Mlle DEFRESNE, DOMESTIQUES.	

La scène est à Paris, chez Mlle Defresne.

S'adresser pour la musique de cette pièce et celle de tous les ouvrages composant le répertoire du Gymnase-Drama-tique, à M. Heissen, bibliothécaire et copiste au théâtre.

Le théâtre représente un petit salon à la Louis XV ; porte de fond et portes latérales ; à droite du spectateur, un chevalet avec un portrait en pied de Mlle Defresne vêtue en bergère ; à gauche, une table et tout ce qu'il faut pour écrire.

SCÈNE PREMIÈRE.

JULES, *travaillant au portrait;* HENRIETTE, *entrant par la gauche.*

HENRIETTE.

Déjà à l'ouvrage, monsieur Jules ?

JULES, *froidement et sans la regarder.*

Oui, mademoiselle.

HENRIETTE.

Ah ! tant mieux !... ma tante est encore à sa toilette, et nous pourrons causer.

JULES, *de même.*

C'est fort aimable à vous de me donner quelques momens, après une nuit passée au bal !

HENRIETTE.

Qu'est-ce que c'est, monsieur ? vous me boudez,

16

vous me grondez!... (*Tendrement.*) Ingrat! me reprocher ce bal, le premier de ma vie!... et si je vous disais que je m'y suis ennuyée à mourir?

JULES, *radouci.*

Vous vous y êtes ennuyée! bien vrai?

HENRIETTE.

Que je n'ai dansé qu'un seul menuet, et avec un cavalier de soixante ans!

JULES, *se rapprochant.*

Ah! il avait soixante ans?

HENRIETTE.

Pour le moins!... mais cela ne m'a pas empêchée de le trouver très-aimable, car, sans lui, je serais encore sur ma chaise, à regarder danser les autres.

JULES.

Comment! parmi tous ces jeunes seigneurs, il ne s'en est pas trouvé un...

HENRIETTE.

Bon!... vous savez comme Mlle Defresne, ma très-chère tante, est coquette!

AIR *de Partie et Revanche.*

Pour se réserver les hommages,
Elle m'avait fagotée...ah! grands dieux!
Une vieille robe à ramages
Du temps au moins de Henri deux!
Puis mon front un assemblage heureux
De fleurs, et l'énorme cortège
D'un pouf poudré, qui me donnait tout l'air
D'un oranger couvert de neige,
Et que l'on rentre pour l'hiver.

Aussi j'étais reléguée dans un coin, avec les grand'mamans! et les larmes aux yeux, je mordais, je tortillais mes gants à rubans roses, lorsqu'un vieux monsieur s'approche avec bonté, et m'adresse quelques complimens... Ah! l'honnête homme! quel air distingué!

JULES, *avec humeur.*

Parce qu'il vous trouvait jolie?

HENRIETTE.

Certainement, monsieur... dans l'état où j'étais, il y avait du mérite. — Eh quoi! ma belle petite, dit-il, vous ne dansez pas? — Hélas, monsieur, j'en meurs d'envie, mais personne ne m'invite.— Personne! pauvre enfant!... Parbleu, je ne sais pas danser, et je paraîtrai sans doute fort ridicule; mais il ne sera pas dit que, faute d'un cavalier, la plus jolie danseuse restera dans l'oubli.— Là-dessus il m'offre la main et nous nous plaçons. Oh! s'il me l'avait demandé, je l'aurais embrassé de bon cœur!

JULES, *inquiet.*

Hein?

HENRIETTE.

Rassurez-vous, il ne me l'a point demandé. Par exemple, le pauvre homme ne s'était pas vanté, il brouillait toutes les figures, s'embarrassait dans toutes les épées; mais il riait de si bonne grâce de ses maladresses, il paraissait si heureux de ma joie, de mon bonheur!... Malheureusement ma tante s'en aperçut... elle prétexta une indisposi-

tion, me jeta une mante sur les épaules, et m'emmena bien vite, de peur que je ne gagnasse un rhume! Voyons, monsieur, cela mérite-t-il d'être grondée?

JULES, *avec amour.*

Oh! non, et si j'étais votre mari, si je pouvais vous suivre partout...

HENRIETTE.

Pourquoi ne pas vous déclarer?... J'ai idée que ma tante serait enchantée de se débarrasser de moi.

JULES.

Eh! le puis-je? Mlle Defresne est très-riche!... d'où cela lui est-il venu? je ne sais rien... chanteuse assez médiocre des chœurs de l'Opéra, on ne comprend pas trop comment sur ses neuf cents livres d'appointemens elle a pu mettre de côté cinquante mille livres de rentes!

HENRIETTE.

Dame, avec de l'économie!

JULES.

Mais enfin, elles les a!... et moi, pauvre petit peintre, élève de M. Boucher, qui n'ai rien que mon amour, qui passe ma vie à faire des bergères de trumeaux!

HENRIETTE, *souriant.*

Et qui n'en finissez jamais avec vos bergères... (*Montrant le portrait.*) Témoin ma tante, qui depuis trois mois est toujours au même point!

JULES.

Je crois bien! c'est pour rester près de vous.

AIR: *Vaudeville du Baiser au porteur.*

Oui, chaque soir, plein d'une ardeur fidèle,
Je prépare mon lendemain...
Et je défais, Pénélope nouvelle,
Tout ce que j'ai fait le matin.
J'efface un pied, j'estropie une main!...
Le front, le nez m'ont donné de la peine...
Mais je me sauve sur les yeux;
Je les fais noirs pendant une semaine,
La suivante, je les fais bleus.

Mais c'est fini; je n'ai plus de courage, plus d'espoir.

HENRIETTE.

Pourquoi donc?

JULES.

Parce qu'on va vous marier!

HENRIETTE.

Moi?

JULES.

J'en suis sûr; hier, comme je travaillais dans le boudoir de Mlle Defresne, arrive un monsieur à figure mystérieuse, perruque mal peignée; votre tante me congédie aussitôt... mais j'ai entendu les mots de douaire, de contrat... ce ne peut être que pour vous... aussi, dans ma colère, je voulais tuer l'insolent!...

HENRIETTE.

Toujours les moyens doux!... mais vous aurez mal entendu, mal vu.

JULES.

Mal vu? tenez!... le voilà encore!

SCÈNE II.

LES MÊMES, MAGLOIRE.

HENRIETTE.

En effet! ce visage inconnu...

MAGLOIRE, *entrant par la gauche et saluant comme s'il quittait Mlle Defresne.*

Oui, mademoiselle, à midi! je serai exact avec la personne.

JULES, *bas et furieux.*

Je serai exact!

HENRIETTE.

Calmez-vous.

MAGLOIRE, *se frottant les mains.*

L'affaire marche à merveille, et pour un cordonnier, qui n'a pas l'habitude de ces sortes de négociations, je ne m'en suis pas trop mal tiré... maintenant que le tendre hyménée m'éclaire de son flambeau, et... (*Au moment d'ouvrir sa tabatière, il aperçoit Jules près de lui.*) En usez-vous, jeune homme?

JULES, *cherchant à se contenir.*

Mille grâces, monsieur; mais, pardon... j'ai cru comprendre que vous étiez venu ici...

MAGLOIRE, *prenant sa prise de tabac.*

C'est probable, puisque m'y voilà.

JULES, *lui serrant le bras avec force.*

Avec des intentions que l'on devine aisément!

HENRIETTE, *cherchant à le calmer.*

Prenez garde.

MAGLOIRE, *étonné.*

Qu'est-ce qu'il a donc, ce jeune homme?... il me paraît colérique et sanguin! (*Le reconnaissant.*) Ah! c'est le petit peintre d'hier. J'y suis... pour avoir la pratique... et faire le portrait du futur. (*Haut.*) Très-volontiers. (*Regardant le portrait.*) Comment donc! sur un pareil échantillon!... (*Montrant Henriette.*) C'est le portrait de mademoiselle, n'est-ce pas? ça se voit tout de suite.

HENRIETTE, *se récriant.*

Mon portrait!

JULES, *furieux.*

Il se moque de moi encore!

MAGLOIRE, *admirant le portrait.*

Très-joli! très-joli!

JULES, *à voix basse et lui serrant la main.*

C'en est assez, monsieur!... (*Lui glissant une carte.*) Voici mon nom et mon adresse.

MAGLOIRE, *de même.*

Vous êtes bien bon! voici la mienne. (*A part.*) Une politesse en vaut une autre.

JULES, *bas.*

A bientôt!

MAGLOIRE.

Je l'espère!... (*Regardant le portrait.*) Malgré ça, dites donc, je vous conseille d'allonger un peu les oreilles.

JULES, *prêt à éclater.*

Je les lui couperai toutes deux!

MAGLOIRE.

Non, ça n'ajouterait rien à la ressemblance...

mais, par exemple, je vous le demande en grâce... changez-moi ces souliers-là... comme c'est fait! quel est le massacre qui peut chausser aussi mal!... elle doit être horriblement gênée, cette pauvre petite!...

JULES, *hors de lui.*

Encore! morbleu!...

MAGLOIRE.

Vous vous fâchez!

ENSEMBLE.

AIR du galop de la Tentation.

MAGLOIRE.

Ah! je vois que ma franchise
Vous blesse... pardon, monsieur!
Excusez ma balourdise!
Le vôtre de tout mon cœur!

JULES, *à part.*

Ah! de sa feinte sottise
Je le paîrais de grand cœur!
Mais il faut que je maîtrise
Mon dépit et ma fureur.

HENRIETTE, *riant, à Jules.*

Pourquoi blâmer sa franchise?...
Recevez donc sans humeur
Et d'une ame plus soumise
Les avis d'un connaisseur.

MAGLOIRE, *à Jules.*

Pourquoi se mettre en colère?...
On peut savoir vingt métiers...
Et ne pas savoir bien faire
Une paire de souliers!...

Geste de fureur de Jules.

ENSEMBLE.

MAGLOIRE.

Ah! je vois que ma franchise, etc.

JULES.

Ah! de sa feinte sottise, etc.

HENRIETTE.

Pourquoi blâmer sa franchise? etc.

Magloire sort en les saluant.

SCÈNE III.

JULES, HENRIETTE.

HENRIETTE.

Je parie que vous avez fait quelque gaucherie... vous avez un air content de vous!

JULES.

Je l'ai défié! nous avons échangé nos adresses.

HENRIETTE, *effrayée.*

Est-il possible? je ne souffrirai pas...

JULES.

C'est votre futur, vous dis-je, et je cours lui apprendre... Où demeure-t-il? (*Lisant la carte.*) « Bonaventure Magloire, cordonnier pour homme » et pour femme, au Soulier mignon, place Maubert. »

HENRIETTE, *riant aux éclats.*

Ah! ah! ah! le noble rival! je ne suis plus surprise s'il trouvait vos souliers si mal faits. (*Avec malice.*) Écoutez donc, il s'y connaît!...

JULES, *confus.*

Qu'est-ce que cela signifie?

HENRIETTE.

Que Mlle Defresne veut essayer du Soulier mignon !... mais, en bonne conscience, M. Bonaventure Magloire ne peut pas être le mari qu'on me
destine.

JULES.

Et ce mystère... ces demi-mots ?

HENRIETTE.

Eh ! bon Dieu, pour en avoir le cœur net, de-
mandez ma main à l'instant même... Justement,
voici ma tante, je vous laisse avec elle... adieu !...

JULES, *troublé.*

Vous me laissez ? un moment...

HENRIETTE, *souriant.*

Allons ! vous avez peur ? vous qui voulez tuer
tout le monde !... Du courage, je vous attendrai
au jardin.

Elle se sauve. —

SCENE IV.

JULES, Mlle DEFRESNE, *en négligé du matin.*

Mlle DEFRESNE ; *à la cantonade.*

Des excuses ! à la Prilly ? des excuses ! jamais !
quand on mettrait tous les huissiers du Châtelet à
mes trousses !... (*Se jetant dans un fauteuil.*) Ah !
c'est vous, monsieur Jules !

JULES.

Oui, mademoiselle, je vous attendais...

Mlle DEFRESNE, *s'éventant.*

Pour une séance ? impossible, mon cher ami...
je n'ai pas dormi ! j'ai le teint brouillé, confus...
je suis morte !... Ah ! si M. le régent vivait encore ! vertueux et digne prince... une bonne lettre
de cachet me vengerait de cette impertinente.

JULES.

La baronne de Prilly ?

Mlle DEFRESNE.

Vous la connaissez ?

JULES.

Je l'ai peinte en Vénus ! une figure...

Mlle DEFRESNE.

Affreuse !... jaune, longue, sèche, vingt couches
de blanc et dix de rouge !... c'est bien cela !...
quelle Vénus !...

JULES.

Elle vous aurait insultée ?

Mlle DEFRESNE, *se levant.*

Outragée ! bafouée !... de la manière la plus
sanglante ! et où cela ? dans l'impasse de l'Opéra.

JULES.

Ce que le vulgaire appelle un...

Mlle DEFRESNE.

Précisément ! la place était bien choisie !... Fi-
gurez-vous, je sortais de la répétition d'Atys,
spectacle ravissant, musique délicieuse.

Chantant d'une voix éclatante.

« Le dieu de Paphos et de Gnide. »

JULES.

Je sais, je sais !

Mlle DEFRESNE.

Il pleuvait à ne pas mettre un chat dehors ! pour
me garantir, je m'élance dans ma chaise et je
crie à mes porteurs d'avancer ; pas du tout, ils
reculent... pourquoi ? parce que la chaise de la
Prilly se trouvait devant la mienne, et qu'elle pré-
tendait avoir le pas !

JULES.

Comme votre aînée, sans doute ?

Mlle DEFRESNE.

Non, vraiment ! comme baronne ! Baronne, je
vous demande un peu !... la Prilly !... sa mère qui
était cuisinière.

JULES.

Cordon bleu, peut-être, madame... c'est une
noblesse !

Mlle DEFRESNE.

Du tout ! un mari de raccroc !... un fonds de
boutique !... Furieuse, je mets la tête à la por-
tière... (*Prenant une voix digne.*) « Mais j'étais la
première, madame !... (*Prenant une voix aigre.*)
C'est possible, madame... mais vous ne passerez
qu'après moi !... — C'est ce que nous verrons...
Vous êtes une effrontée !... —Et vous une créature !»
A ce mot de créature, je ne me possède plus...
je lui jette au nez le duc de Nocé, qu'elle a ruiné,
par parenthèse, à son début dans le monde !...
elle me lance à la tête le prince de Soubise... je
lui réponds par le comte de Lauraguais... elle me
riposte par le marquis de Béthune, le baron
d'Haudicourt, le commandeur de Presle... un ba-
taillon entier, monsieur !... Tout Paris était là...
et riait à se tenir les côtés ! La populace aime tant
à s'égayer aux dépens des personnes que les
grands seigneurs honorent de quelque bienveil-
lance... J'aurais payé cent louis un moyen de la
faire fuir au bout du monde !

JULES, *à part.*

Elle n'avait qu'à chanter, *le dieu de Paphos.*

Mlle DEFRESNE.

Lorsque nos porteurs, qui s'étaient pris aussi
de querelle, se gourment, heurtent les deux
chaises, la mienne est renversée dans le ruisseau,
et ce n'est qu'à grand peine que je parviens à
m'échapper, à pied, en souliers de soie, au milieu
d'une grêle de quolibets, et mon éventail en
guise de parapluie !

JULES, *riant sous cape.*

Et elle ose vous faire demander des excuses !

Mlle DEFRESNE.

De ce qu'elle m'a jetée dans la boue ! la malheureuse ! des excuses, parce qu'elle est baronne...
Jour de Dieu ! je serai marquise... je serai duchesse ! je ferai peindre mes armes sur les quatre
panneaux de ma chaise, sur le dos de mes livrées,
et la Prilly en crèvera de jalousie ! Ah ! Dieu !...
si M. le régent vivait encore...

Air du Fleuve de la vie.

Digne et bon prince ! .. je parie
Que sans peine il m'eût accordé
Ce titre que mon cœur envie,

Dès que je l'aurais demandé !
Je ne sais trop à son altesse
Le discours que j'aurais tenu ;
Souriant à elle-même.
Mais en le quittant j'aurais eu
Mes lettres de noblesse.

JULES.

A la bonne heure, madame ! mais maintenant
que M. le régent n'y est plus, comment devien-
drez-vous marquise ou duchesse ?

Mlle DEFRESNE.

En épousant un duc ou un marquis ! Est-il in-
génu ce jeune homme !... Est-ce que vous trouvez
que j'ai tort d'enchaîner sitôt ma liberté ?

JULES, *vivement.*

Au contraire, madame !... (*A part.*) Excellente
occasion de parler d'Henriette ! (*Haut.*) Vous ne
pouvez mieux faire ; et vous vous occuperez sans
doute aussi de votre charmante nièce ?

Mlle DEFRESNE.

Oui, oui ! c'est arrangé ; chère petite !... elle
épouse un procureur au parlement de Dijon.

JULES, *interdit.*

Un procureur ?

Mlle DEFRESNE.

Pauvre enfant ! je ne la verrai plus... elle vivra
en Bourgogne !... mais son bonheur me consolera
de son absence. (*Remarquant son trouble.*) Eh
mais ! qu'avez-vous donc, monsieur Jules ?

JULES, *balbutiant.*

Moi ! rien, rien, madame... j'espérais... je comp-
tais... Pardon, un malaise subit... une course indispensable... (*A part.*) Ah ! courons vite préve-
nir Henriette du malheur qui nous menace !

Il sort précipitamment.

SCENE V.

Mlle DEFRESNE, *seule.*

Qu'est-ce qu'il lui prend donc ? Ces artistes ont
tous des coups de marteau !... c'est dommage !...
celui-ci est gentil, plein de talent ; il vous donne
dans ses portraits un air de jeunesse qui annonce
la bonne école ! (*Hochant la tête.*) Ah ! quand j'y
pense... j'aurais mieux aimé être duchesse !... mais
puisqu'il ne se présente qu'un marquis !... ce Magloire m'assure qu'il est fort convenable !... une
fortune un peu délabrée ; pourvu que le physique
ne le soit pas trop !... ce n'est pas que j'y tienne !
puisque nous devons vivre séparés... moi à Paris,
lui dans sa province, c'est beaucoup mieux !... il
y a des positions où un époux est de trop !... mais,
enfin, on peut rencontrer son mari, par hasard,
dans le monde, et il ne faut pas qu'il vous fasse
rougir... aussi, pourvu que celui-ci ne soit pas
mal, qu'il ait un beau nom, de belles armes, et
que l'odieuse Prilly en gagne une bonne jaunisse,
c'est tout ce que je demande !

SCENE VI.

Mlle DEFRESNE, UN VALET.

LE VALET.

Madame...

Mlle DEFRESNE.

Que veux-tu ?

LE VALET.

M. Magloire est là avec une autre personne.

Mlle DEFRESNE.

Déjà ! (*A part.*) C'est le marquis ! (*Haut.*) Faites
entrer ! non, un moment... (*Jetant un coup d'œil
sur son miroir.*) Une première entrevue sans avoir
jeté un coup d'œil... (*Au valet.*) Picard, priez ces
messieurs d'attendre dix minutes dans ce salon.
(*A part.*) Allons mettre un peu de rouge, la mou-
che assassine.

Chantant :

Courons choisir dans mon carquois
Mes flèches les plus sûres.

Elle sort.

SCENE VII.

LE VALET, MAGLOIRE *et* LE MARQUIS, *vêtu
avec une splendeur délabrée.*

LE VALET, *ouvrant la porte du fond.*

Par ici, messieurs.

MAGLOIRE, *faisant entrer le marquis.*

Passez donc, monsieur le marquis, faites comme
chez vous.

LE MARQUIS, *à Magloire.*

Mais dis-moi donc au moins ce qui nous amène.

MAGLOIRE, *bas.*

Patience ! vous saurez tout ! (*Au valet.*) Mademoiselle Defresne ?

LE VALET.

Elle va venir, messieurs ; donnez-vous la peine
de vous asseoir.

MAGLOIRE, *d'un air important.*

Très-bien, mon cher, laissez-nous ! nous avons
à causer avec M. le marquis !

Le valet avance des sièges et sort.

SCENE VIII.

LE MARQUIS, MAGLOIRE.

LE MARQUIS, *après un silence.*

Ah çà !... m'expliqueras-tu enfin ce que cela
signifie ? car, en vérité, je me laisse conduire
comme un enfant... Quelle est cette demoiselle
Defresne ? et qu'ai-je à démêler avec une femme
que je n'ai jamais vue ?

MAGLOIRE, *le faisant asseoir.*

Mettez-vous là d'abord ! (*Lui montrant l'appar-
tement.*) Comment trouvez-vous cet hôtel ?

LE MARQUIS, *assis.*

Pas mal !

MAGLOIRE.

L'ameublement ?

LE MARQUIS.

D'assez bon goût.

MAGLOIRE.

Et si l'on offrait tout cela avec cinquante bonnes mille livres de rentes, à un pauvre gentilhomme ruiné, comme M. le marquis... criblé de dettes, comme M. le marquis, et n'ayant plus au monde qu'un beau nom et des manchettes un peu mûres... comme M. le marquis ?

LE MARQUIS, *souriant.*

Tout dépendrait de ce qu'on demanderait en échange à M. le marquis.

MAGLOIRE.

Presque rien, une misère... de donner ce beau nom de Flory, à une femme aimable... et horriblement riche.

LE MARQUIS, *se levant.*

Me marier !... moi ?...

MAGLOIRE.

Vous-même !...

LE MARQUIS.

A soixante ans passés !...

MAGLOIRE.

C'est l'âge de raison...

LE MARQUIS, *faisant un mouvement.*

Qu'est-ce que c'est que cette mauvaise plaisanterie ? Allons... laisse-moi sortir...

MAGLOIRE, *lui barrant le passage.*

Du tout... vous ne sortirez pas.

LE MARQUIS.

Et qui m'en empêchera, corbleu ?...

MAGLOIRE.

Moi, de par tous les diables !... moi, Innocent Bonaventure Magloire, cordonnier indigne de votre maison, et votre créancier, par-dessus le marché !... Car vous êtes à moi, monsieur le marquis... vous êtes mon bien, mon gage... vous m'appartenez.

LE MARQUIS.

Comment, drôle ?... (*A part.*) Ces cordonniers, dès qu'on leur laisse prendre un pied, ils en prennent deux !...

MAGLOIRE.

Rappelez-vous qu'à Chambéry, berceau de votre illustre race, nos deux familles ont toujours marché d'une chaussant l'autre, et l'autre ne payant jamais l'une. Pendant quinze ans, nous avons botté, éperonné votre régiment, qui battait toujours en retraite devant le prince Eugène... Les gaillards usaient... que ça faisait trembler !... Monsieur le marquis, votre respectable père ayant noblement mangé les trois quarts de son patrimoine...

LE MARQUIS.

Comme un bon gentilhomme qu'il était !

MAGLOIRE.

Vous n'avez pas voulu déroger, et vous avez mangé le reste en jeu, festins, jolies femmes... car vous avez toujours donné dans les billevesées...

(*D'un air familier, et le poussant du coude.*) Mauvais sujet !... Si bien qu'un beau matin vous vous êtes réveillé ruiné de fond en comble... et saisi par vos créanciers !... J'étais le dernier inscrit, malheureusement, et quand mon tour est venu pour une somme de *vingt-trois mille quatre cent dix-sept livres huit sols six deniers*, il ne restait plus rien, que votre personne, qui m'a été adjugée !...

LE MARQUIS.

Qu'est-ce que c'est, faquin ?...

MAGLOIRE.

Oh !... en vertu d'une bonne sentence par corps, renouvelée ici par le Châtelet, je puis vous faire coffrer en cinq minutes.

LE MARQUIS, *à lui-même.*

Il n'est que trop vrai !

MAGLOIRE.

Vous voyez que votre personne est à moi !

LE MARQUIS.

Ma personne, bourreau !... Et qu'en veux-tu faire ?

MAGLOIRE.

En tirer le meilleur parti possible... et il n'y a qu'un bon mariage qui puisse sauver mon immeuble.

LE MARQUIS.

Je ne veux pas me marier.

MAGLOIRE.

Laissez donc ! vous ne haïssez pas les dames... le moindre petit minois chiffonné !... Vous avez encore... pas le matin, mais le soir... une jambe moulée... une taille... quand vous vous tenez droit... et des manières... Hein ?... scélérat !...

LE MARQUIS, *avec complaisance.*

Allons, veux-tu te taire !...

MAGLOIRE.

Songez donc... une femme qui paye vos dettes, et ne vous demande que le titre de marquise !...

LE MARQUIS.

C'est une folle... Qu'est-ce qu'un nom... un titre ?...

MAGLOIRE.

Ah !... voilà !... les nouvelles idées !... Depuis que vous n'avez plus le sou, vous vous êtes fait philosophe, comme les vieilles coquettes qui se font dévotes !... Et puis vous vous mêlez d'écrire, pour vous faire mettre à la Bastille !... Il ne me manquerait plus que cela !... Votre dernière brochure m'a déjà fait une peur... *De la richesse des nations...* comme si cela vous regardait, la richesse !... *et de l'abus des privilèges...* De quoi diable vous mêlez-vous ?... Laissez donc les abus tranquilles !... Vous ne quittez plus M. *d'Arembert*, M. *Lévetius...* vous déjeunez avec M. de Voltaire... vous soupez avec M. Rousseau... quand il soupe !... car c'est encore un gaillard, celui-là, qui m'a l'air d'être souvent dans ses petits souliers !... Mais le mariage vous remettra dans la bonne route.

LE MARQUIS.

Je ne me marierai pas...

MAGLOIRE, *s'échauffant.*

Vous vous marierez... quand ce ne serait que,

par humanité!... J'ai deux filles à établir, monsieur le marquis!... Pauvres Véronique et Scholastique!... ma créance est toute leur fortune... Ah!... si on disait que je suis un tyran... un père barbare... que je veux vous sacrifier...

LE MARQUIS, *regardant dans le cabinet à droite.*

Que vois-je?... dans cette galerie de portraits... ce pastel... ma jolie danseuse de l'autre jour... Est-ce que ce serait elle?... la fille de la maison peut-être!... Ce serait bien différent!...

MAGLOIRE.

Qu'est-ce qu'il a donc?...

LE MARQUIS, *le frappant doucement sur la joue.*

Au fait... ce pauvre Magloire!... je lui dois bien quelque dédommagement... (*Jouant avec ses breloques.*) Tu dis que la personne est jeune encore?...

MAGLOIRE, *avec hésitation.*

Jeune?... oui... (*A part.*) Si on le veut absolument...

LE MARQUIS.

Jolie?...

MAGLOIRE, *de même.*

Parbleu!... (*A part.*) Il n'y a que manière de voir les choses...

LE MARQUIS, *nonchalamment.*

Eh bien! je ne suis pas ridicule... On pourra peut-être faire quelque chose pour elle et pour toi...

MAGLOIRE.

Ah! monsieur!... (*A part, et regardant à gauche.*) Justement... je crois que j'entends la future...

Il remonte.

LE MARQUIS, *regardant dans le cabinet à droite.*

Oui, vraiment... ces traits si doux... Parbleu! je veux m'assurer...

Il entre vivement dans le cabinet à droite.

SCENE IX.

MAGLOIRE, *seul.*

Je vais vous présenter... (*Voyant qu'il n'est plus là.*) Eh bien!... où va-t-il donc?... (*Regardant.*) Oh! des portraits... l'amour de la peinture... C'est égal, il est parfaitement disposé... A l'autre, maintenant!...

SCENE X.

MAGLOIRE, Mlle DEFRESNE, *en grande toilette, d'un air timide, les yeux baissés.*

Mlle DEFRESNE.

Pardonnez, monsieur... à l'émotion bien naturelle qui doit... (*Levant les yeux.*) Comment, Magloire, vous êtes seul?

MAGLOIRE, *à mi-voix.*

Et personne est là... dans votre galerie.

Mlle DEFRESNE.

Il fallait donc me le dire... vous me laissez faire des frais d'émotion!...

MAGLOIRE.

Lui-même avait besoin de se remettre.

Mlle DEFRESNE, *avec joie.*

Il consent?

MAGLOIRE.

Ce n'est pas sans peine!... Vous comprenez?... un si beau nom!... marquis de Flory... seigneur de Saluce et de Libona... Les seigneuries n'y sont plus; mais le titre reste.

Mlle DEFRESNE.

C'est l'essentiel... Je suis curieuse de voir...

Elle veut entrer dans le cabinet à droite.

MAGLOIRE, *l'arrêtant.*

Pardon, mademoiselle... vous avez écrit toutes les petites conditions... pour votre notaire?

Mlle DEFRESNE, *montrant un papier.*

Les voici... (*Voulant aller vers le cabinet.*) Mais... je voudrais...

MAGLOIRE, *l'arrêtant.*

Vous n'avez point oublié le petit article des 23,417 livres, que vous vous engagez à compter en signant le contrat?... M. le marquis y tient beaucoup... C'est une vieille dette... à un ami intime... vous concevez... ça le gêne... (*A part.*) Et moi aussi...

Mlle DEFRESNE.

Je l'ai porté en tête... (*Même mouvement.*) Mais...

MAGLOIRE, *l'arrêtant toujours.*

Ah!... j'avais omis... Outre ces 23,417 livres... le même ami, depuis dix-huit mois, loge, héberge, nourrit, habille, chausse même M. le marquis... ce qui, avec quelques autres petites dettes courantes, forme un supplément de onze mille cinq cents livres...

Mlle DEFRESNE.

Ce n'est pas cela qui m'arrêtera!... Mais, Magloire... est-ce qu'il est dépensier?

MAGLOIRE.

Du tout... mais vous savez que les jeunes seigneurs...

Mlle DEFRESNE, *souriant.*

Il est donc jeune?

MAGLOIRE, *vivement.*

Par les sentiments! une tête de vingt ans! et puis, une tournure qui a fait de terribles ravages au siége de Maëstricht.

Mlle DEFRESNE.

Je brûle de juger....

MAGLOIRE, *la faisant asseoir près de la table.*

Voulez-vous ajouter le petit article de onze mille cinq cents livres?... (*D'un air d'intelligence.*) Pendant que vous paraîtrez occupée, là... je vais l'appeler, sous prétexte de causer!... vous le verrez de loin, sans avoir l'air de le voir... pour vous sauver l'embarras du premier moment.

Mlle DEFRESNE, *assise.*

Très bien.

MAGLOIRE, *à part.*

Je ne suis pas fâché de les placer à distance, dans le clair-obscur !... L'entrevue me fait une peur !... si j'avais pu fermer les rideaux, ça n'en vaudrait que mieux ? *(Appelant.)* St.... st.... monsieur le marquis ! *(Retournant à Mlle Defresne.)* Ne faites semblant de rien.

~~~~~~

SCENE XI.

LES MÊMES, LE MARQUIS, *revenant.*

LE MARQUIS, *regardant du côté du cabinet.*

C'est bien elle ! cette jolie petite physionomie ui m'avait charmé au bal.

MAGLOIRE, *bas.*

Eh bien ?

LE MARQUIS, *bas.*

Je suis décidé, mon cher... j'accepte, et avec grand plaisir.

MAGLOIRE, *surpris, à part.*

Miracle !

LE MARQUIS.

Qui diable aurait cru qu'à mon âge j'aurais fait impression !...

MAGLOIRE, *d'un air d'intelligence et indiquant la gauche.*

Dites donc, on est là...

LE MARQUIS, *faisant un mouvement.*

Ah ! bah !

MAGLOIRE, *le masquant.*

Ne regardez pas, on est tout tremblant !

LE MARQUIS, *à part.*

Oh !... Pauvre petite !

MAGLOIRE, *lui avançant une chaise.*

N'ayez pas l'air, causons naturellement, comme si nous causions ! *(Le rajustant.)* Tenez-vous donc droit ! avancez un peu le pied... *(Le lui essuyant avec son mouchoir.)* Voilà des talons rouges un peu soignés ! comme ça vous avantage un homme !

AIR : *Vaudeville de l'Apothicaire.*

LE MARQUIS.

Mais auras-tu bientôt fini ?

MAGLOIRE, *continuant.*

Votre jabot en évidence...
Tournez-vous un peu par ici...
Et lorgnez avec nonchalance...

Retouchant sa perruque.

Attendez... ce crochet fripon _
Donn! de la physionomie...

LE MARQUIS.

Que fais-tu ?

MAGLOIRE, *à lui-même.*

C'est Agamemnon ?
Parant sa fille Iphigénie !...

Mlle DEFRESNE, *à part.*

Je ne peux pas le voir ! ce Magloire me masque.

MAGLOIRE, *allant à Mlle Defresne.*

Il est tout décontenancé ! l'idée de se trouver près de vous...

Mlle DEFRESNE, *d'un air agréable.*

Vraiment ?

LE MARQUIS, *lorgnant de loin.*

Impossible de distinguer, ce diable de Magloire est toujours devant elle... Ah ! cependant... eh mais, ce n'est pas ma jolie danseuse... celle-ci me paraît singulièrement .. *(Faisant signe à Magloire.)* Pst, pst, Magloire ?

MAGLOIRE, *à Mlle Defresne.*

Pardon ! il veut me parler de vous ! il est pris!

Il va au Marquis.

LE MARQUIS, *bas.*

Ah çà, mais dis donc, elle n'est pas jeune.

MAGLOIRE, *de même.*

C'est qu'elle est très-émue !

LE MARQUIS, *de même.*

Très-émue, très-émue! c'est une vieille femme... très-émue !

MAGLOIRE, *bas.*

Ah ! vous voilà déjà... une vieille femme ! j'étais sûr que vous me diriez cela... Pardi, je n'aurais pas été vous choisir un enfant... à votre âge !

LE MARQUIS, *bas.*

Mais elle paraît plus de quarante ans.

MAGLOIRE, *bas.*

Elle gagne beaucoup aux lumières.

LE MARQUIS, *bas.*

Que le diable t'emporte !

Mlle DEFRESNE, *le regardant de loin.*

C'est unique, je me faisais une autre idée... *(Appelant Magloire.)* Pst, pst, Magloire ?

MAGLOIRE.

Voilà ! *(Au Marquis.)* Elle veut me parler de vous... elle en tient !

Mlle DEFRESNE, *bas à Magloire.*

Dites donc, ce n'est pas un jeune homme ?

MAGLOIRE, *de même.*

Oh ! un jeune homme... parbleu, je crois bien! vous concevez que je n'aurais pas été vous choisir un enfant !... fi donc ! ce n'est pas à une pratique que l'on donne de la camelotte... *(Lui montrant le marquis, qui tourne le dos avec impatience.)* Regardez-moi cela ! vous n'en verrez jamais la fin ! ce profil grec ! *(A part.)* Voilà qu'il lui tourne le dos... *(Il lui fait signe de loin.)* Hum! hum!

Mlle DEFRESNE, *bas.*

Il paraît plus de soixante ans.

MAGLOIRE, *de même.*

Du tout ! cinquante neuf ! c'est qu'il n'est pas dans son jour ! *(Allant au Marquis.)* Regardez-la donc !...

LE MARQUIS, *bas et se levant.*

Non, corbleu ! je ne peux plus soutenir le ridicule personnage que tu me fais jouer! je m'en vais !

MAGLOIRE, *de même.*

Y pensez-vous ! une femme qui est déjà folle de vous ! *(A Mlle Defresne.)* Il vous trouve charmante ! *(A part.)* Je sue sang et eau !

Mlle DEFRESNE, *de même.*

A la bonne heure... mais les avantages extérieurs...

MAGLOIRE, *de même.*

Ne sont rien auprès des qualités de l'âme et de ces armes brillantes... *(Tirant un rouleau de sa poche.)* Je les ai fait peindre exprès pour vous! trois licornes en champ de gueules, avec deux lézards pour support. (*Courant au Marquis, qui s'esquive.*) Monsieur le marquis...

Mlle DEFRESNE, *transportée.*

Trois licornes ! cela me décide. (*A elle-même.*) Quand la Prilly me verra avec deux lézards et trois licornes, elle ne s'en relèvera pas.

MAGLOIRE, *le ramenant.*

Monsieur...

LE MARQUIS, *bas.*

Je ne veux rien entendre.

MAGLOIRE, *de même.*

Par pitié ! c'est une femme à en tomber morte sur la place !... écoutez-la, mettez-y des formes, quand ce ne serait que pour moi !

Mlle DEFRESNE, *avec embarras.*

Vous devez avoir une idée bien singulière de moi, monsieur le marquis... cette entrevue bizarre, cette résolution extraordinaire.

LE MARQUIS.

Madame, c'est moi-même qui suis confus ! Je ne m'étais pas flatté... c'est-à-dire, on ne m'avait pas prévenu...

MAGLOIRE.

De toutes les perfections de madame? c'est une surprise de plus.

LE MARQUIS, *bas.*

Te tairas-tu ?

Mlle DEFRESNE.

Quoi qu'il coûte à ma pudeur d'entrer dans de certains détails, il est nécessaire cependant de nous entendre sur les conditions d'un hymen qui doit se conclure aujourd'hui même.

LE MARQUIS, *regardant Magloire.*

Aujourd'hui !

MAGLOIRE, *bas.*

Bah ! il faut avaler cela comme une médecine !

Mlle DEFRESNE.

Outre les avantages que ma fortune me permet de vous faire, et toutes vos dettes que j'acquitte...

MAGLOIRE, *appuyant.*

Quelle ame élevée !

Mlle DEFRESNE.

J'y ai joint le don d'une terre assez considérable, dans l'espoir...

MAGLOIRE.

Vous m'aviez dit dans la Brie ?

Mlle DEFRESNE, *continuant.*

Dans l'espoir que vous seriez assez bon...

MAGLOIRE.

Ah ! bien !

Mlle DEFRESNE.

Assez généreux, pour servir de guide à un jeune homme... (*baissant les yeux*) un filleul à moi... (*Soupirant.*) Pauvre Némorin !

LE MARQUIS, *surpris.*

Némorin ! un filleul ?

Mlle DEFRESNE, *avec embarras.*

Qui est élevé à la campagne ; un enfant dont le sort m'est confié... et que vous consentiriez à ce qu'il fût notre héritier.

LE MARQUIS.

Ah ! je comprends. (*A Magloire.*) Un filleul, corbleu ! un filleul... il ne manquait plus que cela.

MAGLOIRE, *bas.*

Qu'est-ce que ça vous fait ? vous n'avez pas d'enfant... et il n'est pas probable qu'à vous deux...

LE MARQUIS, *le menaçant.*

Comment, double bourreau !

Mlle DEFRESNE, *à Magloire.*

Il ne répond rien, Magloire ?

MAGLOIRE, *vivement.*

C'est le bonheur, la surprise ! il est touché de votre confiance, madame, et brûle de s'en montrer digne.

LE MARQUIS, *bas.*

J'ai envie de te jeter par la fenêtre !

MAGLOIRE, *à Mlle Defresne.*

Vous l'entendez ! il se jettera par la fenêtre si vous le faites languir plus long-temps... courez vite, que l'on dresse le contrat !

Mlle DEFRESNE.

Ah ! je n'hésite plus !

LE MARQUIS, *éclatant.*

Madame... écoutez-moi ! je vous déclare...

Mlle DEFRESNE, *le regardant tendrement.*

C'est bien ! c'est bien, marquis ! je vous comprends !

ENSEMBLE.

AIR : *Pourquoi se taire?* (*Léonce, acte 3.*)

Mlle DEFRESNE, *sans l'écouter.*

Ah ! de sa flamme
L'aveu charmant
Sort de son ame
En ce moment !
Pouvoir suprême
De mes attraits,
Je vois qu'il m'aime
Et pour jamais !...

LE MARQUIS.

Pour Dieu, madame,
On se méprend...
Je n'ai dans l'ame
Qu'un seul tourment !...
Ce bien suprême,
Ces feux discrets,
Sur mon cœur même
Sont sans attraits.

MAGLOIRE, *au Marquis.*

Ah ! de sa flamme
L'aveu touchant
Sort de son ame,
Soyez constant !
A Mlle Defresne.
Pouvoir suprême
De vos attraits,

C'est vous qu'il aime ,
Et pour jamais !...

         Mlle Defresne sort.

SCENE XII.

LE MARQUIS, MAGLOIRE.

Ils se regardent un moment en silence.

LE MARQUIS, *les bras croisés.*

Magloire ?

MAGLOIRE.

Monsieur le marquis ?

LE MARQUIS.

Que dirais-tu si je t'assommais ?

MAGLOIRE.

Je dirais comme l'ancien : Frappe ! mais écoute !
(*se jetant à ses pieds*) ou plutôt, tuez-moi, monsieur... passez-moi votre épée au travers du corps !
foulez-moi sous ces pieds que mon père a chaussés
dès leur plus tendre enfance... mais épousez
Mlle Defresne !...

LE MARQUIS.

Jamais !

MAGLOIRE, *se relevant.*

Je vous conseille de vous plaindre, une petite
femme charmante, qui ne vous demande que
votre nom.

LE MARQUIS.

C'est beaucoup trop ! Une vertu de la régence...
Parbleu, je ne m'étonne plus d'avoir vu dans cette
galerie les portraits des Grammont, des Noçé, des
Noailles... tous ces mauvais sujets de mes amis.

MAGLOIRE.

Eh bien, vous vous trouverez en pays de connaissance.

LE MARQUIS.

Et ce filleul, corbleu... ce M. Némorin !

MAGLOIRE.

N'êtes-vous pas philosophe ?

LE MARQUIS, *voulant sortir.*

Va-t'en au diable ! je ne l'épouserai pas.

MAGLOIRE.

Et moi, je vous déclare que vous ne sortirez
pas de cette maison que vous ne soyez marié.

LE MARQUIS.

Impertinent !

MAGLOIRE.

Je vous ai trouvé une femme, ce n'est pas sans
peine ; vous l'épouserez... par corps, ou mes huissiers entourent la maison, et si vous faites mine
de vous échapper d'ici, on vous jette à Saint-
Lazare !

LE MARQUIS, *s'emportant.*

Je me ferai sauter la cervelle !

MAGLOIRE, *effrayé.*

Hein ! qu'est-ce que c'est ?... une banqueroute

frauduleuse... un abus de confiance ? et le respect
des propriétés ! on vous surveillera !

ENSEMBLE.

(AIR : *Allons, qu'en ces lieux la gaîté brille* (Léonce,
acte premier.)

LE MARQUIS.

Oui, crains tout de ma juste colère !...
De cet outrage j'aurai raison !
Prendre une femme ! moi, je préfère,
Pour être libre, vivre en prison !...

MAGLOIRE.

Je ne crains rien de votre colère,
De tous vos refus j'aurai raison ;
Votre existence m'est trop chère,
Choisissez la femme ou la prison.

         Magloire sort.

SCENE XIII.

LE MARQUIS, *seul.*

Eh bien ! la prison, morbleu ! la prison ! mon
choix est fait. (*On entend fermer du dehors.*) Hein !
qu'est-ce que j'entends ? Dieu me pardonne, le
maraud m'enferme !... (*Furieux.*) C'est donc un
guet-apens, un complot infernal !... on veut me
prendre par famine ? on n'y réussira pas !... Que
l'on m'envoie au For-Lévéque, à l'Abbaye, à la
Bastille ! je ne me marierai pas, quelle que soit
la femme... (*Il aperçoit Henriette qui entre en pleurant, par la gauche.*) Qui vient là ? Oh ! cette fois,
je ne me trompe pas, c'est bien ma jolie danseuse,
cette charmante enfant !

SCENE XIV.

LE MARQUIS, HENRIETTE.

HENRIETTE, *à part, et sans voir le marquis.*

Mariée à un procureur de Dijon ! Ah ! j'aime
mieux retourner au couvent.

LE MARQUIS, *s'approchant.*

Elle pleure ! (*Haut.*) Qu'avez-vous donc, ma
belle petite ?

HENRIETTE, *levant les yeux.*

Que vois-je ? mon cavalier de l'autre jour !...
Comment vous trouvez-vous ici, monsieur ?

LE MARQUIS, *galamment.*

Mais dans ce moment je m'y trouve très-bien.
J'étais venu pour un mariage ! (*A part en la regardant.*) Si c'avait été pour celle-ci, encore passe !

HENRIETTE.

Un mariage ? ah ! mon Dieu ! est-ce que vous
êtes procureur ?

LE MARQUIS.

Procureur ! moi ? Dieu m'en préserve !

HENRIETTE, *tristement.*

Ah! ce n'est pas lui! Moi, monsieur, je suis bien malheureuse, allez! ma tante veut me marier à quelqu'un que je n'aime pas, que je n'aimerai jamais!

LE MARQUIS.

Votre tante?... Mlle Defresne?...

HENRIETTE.

Sans doute.

LE MARQUIS, *à part.*

A la bonne heure au moins! voilà une physionomie qu'on épouserait les yeux fermés. Et si je pouvais négocier un petit échange...

HENRIETTE.

J'ai eu beau la supplier... me jeter à ses genoux... je ne sais comment échapper à ce vilain procureur!... (*Le regardant timidement.*) Vous, monsieur, qui êtes si bon, ne pourriez-vous me sauver encore de ce malheur?

LE MARQUIS.

Eh mais... s'il ne faut pour cela que vous épouser... je risquerai bien encore une contredanse.

HENRIETTE, *embarrassée.*

Ah! ce n'est pas cela que je demande, monsieur...

LE MARQUIS.

Non?...

HENRIETTE, *hésitant.*

Si je refuse d'épouser... quelqu'un que je n'aime pas... c'est qu'il y en a un autre...

LE MARQUIS.

Que vous aimez?...

HENRIETTE, *baissant les yeux.*

Oui, monsieur...

LE MARQUIS, *à part, un peu déconcerté.*

Très-bien!... j'aurais dû m'y attendre; moi qui m'imaginais... Ce que c'est que l'habitude des bonnes fortunes... il serait bien temps cependant de m'en corriger, et de prendre les confidens.

HENRIETTE, *d'un air de confidence.*

Je vous dis cela à vous, parce que nous sommes de vieux amis.

LE MARQUIS.

Oh! certainement!

HENRIETTE.

Et que ce pauvre Jules se désole!

LE MARQUIS.

Jules?... Ah! c'est...

HENRIETTE, *souriant.*

C'est l'autre.

LE MARQUIS, *avec bonté.*

Vous l'aimez donc bien?...

HENRIETTE.

Ah! il est si aimable... et il m'aime tant lui-même!... il n'a qu'un seul défaut...

LE MARQUIS.

Un défaut?...

HENRIETTE.

Il veut tuer tous ceux qui me regardent.

LE MARQUIS.

Peste! il doit avoir de la besogne!

HENRIETTE.

Vous êtes bien bon!

LE MARQUIS.

Ah! M. Jules veut tuer tout le monde?...

HENRIETTE.

C'est son caractère. Mais, à cela près, il est si doux, si gentil!... Si vous le connaissiez, vous l'aimeriez aussi.

LE MARQUIS.

Je n'en doute pas... et l'intérêt que vous m'inspirez suffit pour m'engager... Voyons, chère enfant, que pourrait-on pour vous servir?...

HENRIETTE.

Parler à ma tante, lui faire entendre raison...

LE MARQUIS.

C'est difficile!

HENRIETTE, *le regardant finement.*

Hum!... quelqu'un qui aurait du pouvoir sur elle, qui saurait s'y prendre... avec esprit! et je suis sûre que vous avez beaucoup d'esprit, vous, monsieur.

LE MARQUIS, *frappé d'une idée.*

Vous croyez?... Eh! mais, attendez donc!... pourquoi pas?... (*A part.*) Ma foi, puisque je ne suis plus bon qu'à faire le bonheur des autres... cette pauvre petite... il m'en coûterait si peu!... Qu'est-ce que je risque?... cette nouvelle que j'ai reçue de Chambéry me laisserait toujours les moyens... Oui, je punirais la vieille, et ce serait un excellent tour, qui me rappellerait les folies de mon jeune temps.

HENRIETTE, *qui l'a suivi des yeux.*

Vous avez trouvé un moyen?... je vois cela dans vos yeux.

LE MARQUIS.

Peut-être!... Si, avant une heure, j'avais rompu le mariage que vous redoutez... si je vous faisais épouser M. Jules?...

HENRIETTE, *joignant les mains.*

Oh! je vous aimerais!...

LE MARQUIS.

Vous m'aimeriez?...

HENRIETTE.

Comme un père!

LE MARQUIS.

C'est toujours cela! faute de mieux!... Écoutez, mon enfant, votre tante va se marier aussi...

HENRIETTE.

Je le sais.

LE MARQUIS.

Le contrat se signe aujourd'hui.

HENRIETTE.

On me l'a dit... Mais qui épouse-t-elle donc?...

LE MARQUIS.

Ça ne fait rien; je vous montrerai son futur... Un homme fort remarquable !... il est encore fort bien..... de très-belles manières !....
Écoutez : dès qu'on se réunira, venez dans ce salon, tenez-vous là, dans un petit coin... et vous verrez que je suis de parole.

HENRIETTE, *avec joie.*

Ah ! vous. êtes mon ange tutélaire... (*Prête à sortir.*) Vous n'avez rien de plus à me dire ?

LE MARQUIS.

Non.

HENRIETTE, *d'un air curieux.*

Si je savais comment vous vous y prendrez, je pourrais vous aider...

LE MARQUIS.

C'est inutile !

HENRIETTE.

C'est bien, c'est bien !... je m'en rapporte à vous, j'ai confiance !... Voyez pourtant ce que c'est que de danser ensemble, on est tout de suite bons amis... Adieu, monsieur.

LE MARQUIS.

Adieu, mon enfant.

HENRIETTE.

Vous êtes un bien brave homme, allez, vous pouvez vous en vanter. (*A mi-voix.*) Si j'épouse Jules... le premier menuet sera pour vous.

LE MARQUIS, *l'embrassant sur le front.*

J'y compte bien, parbleu !...

Elle sort ; Jules a paru de côté au moment où le Marquis a baisé la main d'Henriette.

SCENE XV.

LE MARQUIS, JULES.

JULES, *à part.*

J'arrive à propos !... quelle indignité !...

LE MARQUIS, *se croyant seul.*

Ma foi, cette petite est charmante, et elle mérite bien qu'on se sacrifie pour elle.

JULES, *haut, et d'un air menaçant.*

Pas avant que je vous aie dit deux mots, monsieur.

LE MARQUIS.

Que me veut ce jeune homme ?

JULES.

Vous êtes procureur, n'est-il pas vrai, monsieur ?

LE MARQUIS.

Hein ?... Ah ça ! qu'est-ce qu'ils ont donc tous, à vouloir que je sois procureur ?... (*Haut.*) Non, monsieur, je ne suis pas procureur, et ne l'ai jamais été.

JULES.

N'essayez pas de le cacher, j'ai pris mes informations; c'est bien vous que je cherche pour vous demander raison.....

LE MARQUIS.

Raison ?... Ah ! vous vous appelez monsieur Jules, n'est-ce pas ?

JULES.

Précisément... vous voilà au fait, sortons, monsieur !

LE MARQUIS.

Désespéré, mon cher ami; mais je ne puis vous donner ce petit plaisir-là.

JULES, *s'emportant.*

Je vous y forcerai bien.

LE MARQUIS, *froidement.*

Je ne crois pas.

JULES, *élevant la voix.*

A l'instant même et par tous les moyens possibles, car j'y suis bien résolu : je vous tuerai, monsieur... oui, je vous tuerai.

SCENE XVI.

LES MÊMES, MAGLOIRE, *entrant par le fond.*

MAGLOIRE, *qui a entendu les derniers mots, et courant se placer devant le Marquis.*

Plaît-il ?... tuer mon gage !.. n'approchez pas... n'approchez pas, jeune homme.

LE MARQUIS, *riant.*

A l'autre, à présent.

JULES, *à Magloire.*

Cela ne vous regarde pas... retirez-vous, monsieur.

MAGLOIRE.

Cela ne me regarde pas !... quand il y va de mon bien le plus cher... cette tête vénérable !... Si vous en touchez un cheveu, vous aurez affaire à moi.

JULES.

A la bonne heure, je vous tuerai tous deux.

MAGLOIRE.

Cette manière d'expédier les affaires... (*Le regardant.*) C'est mon jeune homme de tantôt... cramoisi et sanguin... il me fera quelque malheur... (*Haut et le prenant doucement.*) Voyons, voyons, mon cher ami ! expliquons-nous doucement, comme de braves gens... qu'est-ce que monsieur vous a fait ?

JULES.

Il va se marier.

MAGLOIRE, *avec joie.*

Bah ! il y consent donc ?

LE MARQUIS, *passant entre eux et regardant Jules.*

Maintenant plus que jamais.

MAGLOIRE, *baisant le pan de son habit.*

Ah ! monsieur ! (*A part.*) Mes malheureux vingt-trois mille quatre cent dix-sept livres, je les reverrai donc.

JULES.

Et vous croyez que je me laisserai enlever celle que j'aime ?

MAGLOIRE, *à part.*

Un rival ! bon ! autre histoire.

JULES, *au Marquis.*

Non, monsieur... je m'attache à vos pas.

LE MARQUIS, *froidement.*

Soyez tranquille, mon cher, je serai prêt à vous donner toutes les satisfactions que vous pourrez désirer. (*Souriant.*) Après que j'aurai signé le contrat !

MAGLOIRE, *avec empressement.*

Voilà qui arrange tout le monde. (*A part.*) Je le ferai coffrer par mes huissiers, qui sont en bas !

JULES, *vivement.*

Du tout, ce sera avant.

MAGLOIRE.

Ce sera après, c'est l'affaire de cinq minutes ; le notaire est déjà arrivé.

JULES, *troublé.*

Le notaire !... ô ciel !

LE MARQUIS.

Et j'aperçois ma prétendue... vous voyez qu'avec la meilleure volonté du monde...

JULES, *lui saisissant le bras.*

Je ne vous quitte pas, monsieur.

LE MARQUIS, *souriant.*

Vous me ferez plaisir, car j'ai besoin d'un second témoin.

JULES.

Moi ?... par exemple !

LE MARQUIS, *allant au-devant de Mlle Defresne.*

Pardon ?... il faut que je remplisse mon rôle de nouveau marié, et que je donne la main à ma femme.

~~~~~~

SCENE XVII.

LES MÊMES, Mlle DEFRESNE, LE NOTAIRE, DEUX AMIS ; *puis* HENRIETTE.

JULES, *voyant Mlle Defresne.*

Sa femme....

TOUS.

AIR : *Ah ! vraiment je me fais scrupule* (Piquillo).

C'est la gaîté qui nous appelle,
Et doit embellir ce séjour !
Oui, c'est à l'amitié fidèle
A bénir l'hymen et l'amour.

JULES, *bas à Magloire.*

Comment, c'est Mlle Defresne !...

MAGLOIRE, *bas.*

Hé, parbleu, qui voulez-vous donc qu'il épouse ?

JULES, *à part.*

Qu'ai-je fait ?... maudite tête !... celui qui va

devenir l'oncle d'Henriette... (*Bas au Marquis.*) Ah ! monsieur, pardonnez... si j'avais su...

LE MARQUIS, *bas.*

Ne craignez rien, ça ne nous empêchera pas de nous couper la gorge... (*Avançant un siège à Mlle Defresne.*) Asseyez-vous donc, belle dame... Que vous avez tardé !...

Mlle DEFRESNE, *à part.*

Il est d'une galanterie !... Avec quelques années de moins, je crois que je ne l'aurais pas obligé à me quitter si brusquement.

LE MARQUIS, *à Mlle Defresne.*

Vous êtes mise à ravir... ces fleurs sont éclipsées par les roses... (*A part.*) Je ne sais pas au juste quelles roses !...

Mlle DEFRESNE, *minaudant.*

Ah !... (*A part.*) Et puis, il a bon goût ! (*Haut.*) Maître Juranton, mettez-vous là.

Le notaire se place à la table.

MAGLOIRE, *à part.*

Comme il s'est radouci... la prison lui a fait effet !... Malgré ça, il pourrait encore se cabrer à la lecture du contrat ; je tousserai ferme à l'article du filleul.

Mlle DEFRESNE, *montrant les deux amis.*

Voici mes deux témoins.

LE MARQUIS, *montrant Jules et Magloire.*

Et voici les miens.

Mlle DEFRESNE.

M. Jules !...

JULES, *bas au Marquis.*

Monsieur...

Mlle DEFRESNE.

Et Magloire ?... (*Bas au Marquis.*) Y pensez-vous, marquis, un artisan ?...

LE MARQUIS.

Je lui dois beaucoup.

MAGLOIRE, *à part, avec un soupir.*

Oh ! oui, beaucoup...

Mlle DEFRESNE.

Comment ?...

LE MARQUIS, *tendrement, et lui baisant la main.*

Sans lui, je n'aurais pas eu le bonheur de vous connaître.

Mlle DEFRESNE, *lui souriant.*

Il est charmant !... (*Haut.*) Soit !... d'ailleurs, c'est entre nous... j'ai cependant invité quelques dames à la soirée, (*à part*) pour me faire appeler marquise, et répandre la nouvelle... (*Haut.*) Messieurs...

Tout le monde s'assied.

HENRIETTE, *entrant de côté, et venant se placer près de Jules.*

Cela va bien, n'est-ce pas ?

JULES, *interdit.*

Je ne sais...

HENRIETTE, *bas.*

Moi, j'en suis sûre... (*Montrant le Marquis.*)

(Voyez-vous ce monsieur?... c'est notre ange tutélaire... il m'a promis de nous marier.

JULES, *bas.*

C'est donc pour cela qu'il commence par épouser votre tante?

HENRIETTE, *bas.*

Comment, c'est lui?... eh bien, je l'aime au-
tant, il a une bonne figure.

JULES, *bas.*

Laissez donc... un air en dessous !... Je parie
qu'il nous prépare quelque trahison... parce que j'ai
eu le malheur tout-à-l'heure... de le provoquer...

HENRIETTE.

Encore?... vous ne faites donc que des sottises...
vous êtes incorrigible... Tenez-vous là, monsieur,
et ne bougez pas.

Elle s'assied à droite ; Jules se tient debout derrière elle.

Mlle DEFRESNE, *au notaire.*

Lisez, maître Juranton.

MAGLOIRE, *se levant.*

Est-ce bien nécessaire?... nous connaissons les
principales conditions... Bah ! si nous signions
tout de suite... là, de confiance?...

LE NOTAIRE.

Pardon... il est indispensable de vérifier au
moins les clauses importantes... je passerai le pro-
tocole. (*Magloire se rassied. Lisant.*) Hum !
hum !... « Pardevant... etc., etc...Entre demoiselle
» Defresne, née Thiboutet, demoiselle majeure... »

Mlle DEFRESNE.

Et cœtera, et cœtera !

LE NOTAIRE.

« Et monsieur le marquis de Flory, seigneur
» de Saluce, de Libóna, âgé de... »

MAGLOIRE.

Et cœtera, et cœtera !

HENRIETTE, *bas à Jules.*

Il paraît que c'est un grand seigneur ?

LE NOTAIRE.

Ah ! voilà !... (*Lisant.*) « En faveur dudit ma-
» riage, la demoiselle future épouse s'engage à
» payer immédiatement toutes les dettes du dit
» futur époux... »

JULES, *bas à Henriette.*

Des dettes !... bien sûr, c'est un grand seigneur.

LE MARQUIS, *nonchalamment.*

Accepté...

MAGLOIRE, *d'un air capable.*

Au fait, je ne vois aucun inconvénient... nous
acceptons.

LE NOTAIRE, *lisant.*

« Elle lui assure, outre sa ferme de Sercotte en
» Brie, d'un revenu de trois cents pistoles, une
» pension viagère de dix mille livres... »

MAGLOIRE.

Nous acceptons.

LE NOTAIRE, *lisant.*

« La cérémonie religieuse aura lieu demain...

» Monsieur le marquis viendra prendre la demoi-
» selle future épouse, en grande tenue, décoré de
» tous ses ordres, et dans sa voiture à ses armes. »

LE MARQUIS, *regardant Magloire.*

Hein ! dis donc, Magloire, comment te tireras-
tu de celui-là ?

MAGLOIRE, *s'approchant de Mlle Defresne.*

Permettez, madame, vous savez que ses voitures
sont restées en Savoie ! il serait assez difficile d'ici
à demain de les faire venir... mais on peut faire
peindre ses armes sur la vôtre, cela reviendra ab-
lument au même.

Mlle DEFRESNE.

A la bonne heure !

MAGLOIRE, *à mi-voix.*

Quant à la grande tenue, je vous ferai observer
que nous n'avons que cet habit-là... qui n'est pas de
la première fraîcheur... (*il montre le Marquis*) mais
j'ai un tailleur de mes amis, un honnête homme,
un hasard... qui en a un très-beau... (*appuyant*)
un habit de duc et pair, presque pour rien, et si
madame la marquise m'y autorise...

Mlle DEFRESNE, *flattée.*

Tu arrangeras cela, Magloire.

MAGLOIRE, *de même.*

Comme témoin, et par la même occasion, je
crois qu'il serait convenable... que j'eusse aussi
un habit neuf... il y en a un canelle.

Mlle DEFRESNE.

J'y consens, c'est bien ! c'est bien !

MAGLOIRE.

Habit, veste et le reste? (*Haut.*) Nous acceptons !
(*Allant reprendre sa place auprès du Marquis.*)
C'est arrangé.

LE NOTAIRE, *lisant.*

« M. le marquis consent à ce que le jeune
» Némorin soit élevé dans la maison de Mme la
» marquise, et qu'il porte dorénavant... »

MAGLOIRE, *sur le mot de Némorin.*

Oh !

*Il se met à tousser violemment tandis que le notaire con-
tinue, de sorte que l'on n'entend que les derniers mots
du notaire.*

LE NOTAIRE, *lisant.*

« Le nom et les armes de M. le marquis. »

MAGLOIRE, *couvrant sa voix.*

Mille pardons... une quinte horrible... accepté,
accepté.

LE NOTAIRE, *lisant.*

« Huit jours après la cérémonie, M. le marquis
» fera ses adieux à Mme la marquise, et retournera
» vivre dans son pays. »

LE MARQUIS, *vivement et se levant.*

Accepté... (*Se reprenant.*) C'est une cruelle
épreuve que vous m'imposez là, madame; mais
vos moindres désirs sont des lois. (*A part.*) C'est
le meilleur article.

Mᴵᴵᵉ DEFRESNE, à part.

Il est d'une docilité... j'en ferai tout ce que je voudrai ! (Haut en minaudant.) On pourra peut-être abréger votre exil.

LE MARQUIS.

Non, non ! (A part.) Elle me fait frémir !

LE NOTAIRE.

Le reste est tout de forme !

MAGLOIRE.

C'est bien, c'est bien... terminons !... (Bas à Mᴵᴵᵉ Defresne.) Madame la marquise se souvient que les 23,417 livres doivent être comptées immédiatement après la signature.

Mᴵᴵᵉ DEFRESNE, bas et d'un air gracieux.

Dis à mon intendant de venir me parler.

MAGLOIRE, bas.

J'y vole ! (Présentant la plume au Marquis.) A vous, monsieur le marquis.

LE MARQUIS.

Je signe aveuglément.

AIR du Cheval de Bronze.

LE MARQUIS, signant.
A mon cœur ce projet
Plaît !...
MAGLOIRE, passant la plume à Mᴵᴵᵉ Defresne.
Enfin, cet hymen est
Fait !...
Mᴵᴵᵉ DEFRESNE.
Ah ! je ne crains plus rien,
Rien !
MAGLOIRE, signant.
Je rentre dans mon bien,
Bien !...
TOUS.
Que ces nœuds sont pour { vous
nous
Doux !
Qu'ils soient bénis par { nous.
vous.
TOUS, au notaire.
Surtout n'oubliez rien,
Rien !...
Pour serrer ce lien
Bien !...

ENSEMBLE.

Pendant que le notaire achève d'écrire, et que les témoins signent.

Soyez long-temps heureux,
Et que ces tendres nœuds
Comblent toujours les vœux
De vos cœurs amoureux !...
Soyez toujours heureux !

Magloire sort par le fond ; les deux Amis rentrent dans la chambre de Mᴵᴵᵉ Defresne, à gauche.

SCÈNE XVIII.

Mᴵᴵᵉ DEFRESNE, LE MARQUIS, JULES, HENRIETTE, LE NOTAIRE.

Après l'ensemble, le Notaire donne au Marquis son contrat, que celui-ci met dans sa poche.

HENRIETTE, à Jules.

Mais il n'est pas question de nous dans tout cela ?

Mᴵᴵᵉ DEFRESNE, l'apercevant, et d'un air de dignité affectée.

Ah ! Henriette, vous étiez là ? Approchez, petite, que je vous présente à M. le marquis.

LE MARQUIS.

Oh ! nous avons déjà fait connaissance ! mais est-ce que notre charmante nièce ne signe pas aussi ?

Mᴵᴵᵉ DEFRESNE, souriant.

Tout-à-l'heure, pour son propre compte ; j'attends son futur. (Au notaire.) Vous avez le contrat, maître Juranton ?

LE NOTAIRE.

Oui, madame la marquise, il n'y a qu'à remplir les noms.

HENRIETTE, à Jules.

Ah ! mon Dieu !

LE MARQUIS.

Ah ! nous allons la marier, cette chère enfant ? comment donc, marquise, c'est très-bien !

HENRIETTE, à Jules.

Il nous abandonne déjà.

JULES, bas.

J'en étais sûr ?

LE MARQUIS.

Et qui épouse-t-elle ?

Mᴵᴵᵉ DEFRESNE.

Un parti fort convenable ; pas très-brillant... (A Henriette.) Que veux-tu, ma pauvre Henriette, tout le monde ne peut pas être marquise... mais sois tranquille, dans l'intimité je ne te ferai jamais sentir la différence de nos deux rangs, et tu pourras toujours m'appeler ma tante. (Au Marquis.) C'est un procureur au parlement de Dijon qu'elle épouse.

LE MARQUIS, vivement et d'un air dédaigneux.

Un procureur ! un procureur ! mon neveu ? cela ne se peut pas.

Mᴵᴵᵉ DEFRESNE.

Comment ?

LE MARQUIS.

Jamais procureur n'est entré dans la famille des Flory, et le premier qui s'y présenterait... je le fais sauter par la fenêtre.

HENRIETTE, avec joie.

A la bonne heure !

JULES, de même, à part.

Ah ! l'honnête homme !

Mᴵᴵᵉ DEFRESNE, un peu émue.

Permettez, monsieur le marquis, j'ai donné ma parole...

LE MARQUIS.

Tout ce que vous voudrez, madame la marquise, tant que vous n'étiez que Mᴵᴵᵉ Defresne... mais maintenant, vous êtes en pouvoir de mari, je suis le chef de la famille, de la communauté, et je marierai notre nièce à ma guise.

HENRIETTE, *bas.*

Courage!

JULES, *de même.*

Très-bien.

Mlle DEFRESNE, *troublée.*

Ah! mon Dieu! je ne le reconnais plus; où est donc Magloire pour lui faire entendre... (*Haut.*) Mais songez donc que nous devons vivre séparés, que vous partez dans huit jours!

LE MARQUIS.

Raison de plus pour mettre ordre à mes affaires, et marier ma nièce sur-le-champ.

Mlle DEFRESNE, *avec colère.*

Je ne le souffrirai pas.

LE MARQUIS, *mettant son chapeau et criant plus haut qu'elle.*

Corbleu, madame... je suis la douceur même quand on ne me résiste pas... mais je connais mes droits... je suis le maître... et vous me devez obéissance!

LE NOTAIRE, *bas à Mlle Defresne.*

C'est la coutume de Paris, prenez garde.

Mlle DEFRESNE, *furieuse,*

Je plaiderai plutôt en séparation.

LE MARQUIS, *avec ironie.*

Déjà!... A votre aise... mais ils n'en seront pas moins mariés.... Voyons, notaire.... et puisque vous avez le contrat... approchez, monsieur Jules... donnez vos noms.

Mlle DEFRESNE.

M. Jules!... un petit peintre! c'est lui que vous prétendez...?

LE MARQUIS.

Pourquoi pas?... le talent est une noblesse, madame!... et celle-là en vaut bien une autre! (*Au notaire.*) Écrivez, notaire, que madame la marquise donne aux futurs époux...

Mlle DEFRESNE.

Rien... absolument rien!... c'était mon intention.

LE MARQUIS.

C'est bien peu! Quand vous n'étiez que mademoiselle Defresne, je ne dis pas... mais maintenant que vous êtes marquise de Flory...

Mlle DEFRESNE.

Je suis maîtresse de ma fortune... je ne donnerai pas un sou.

LE MARQUIS, *tranquillement.*

Qu'à cela ne tienne!... moi, qui suis riche... grâce au contrat que je viens de signer... mettez, notaire, que je donne aux futurs époux, les dix mille livres de rente viagère que madame vient de m'assurer.

Mlle DEFRESNE.

O ciel!

LE MARQUIS, *à Mlle Defresne.*

Ah! vous ne donnerez rien!

HENRIETTE et JULES, *au Marquis.*

Y pensez-vous?

LE MARQUIS, *continuant.*

Ajoutez... que j'y joins en toute propriété la ferme de Sercotte, que madame vient de me donner.

Mlle DEFRESNE.

Miséricorde?

LE MARQUIS, *de même.*

Ah! vous ne donnerez rien!

HENRIETTE et JULES.

Nous n'accepterons jamais!

LE MARQUIS, *à Mlle Defresne.*

Je le veux... (*Aux deux jeunes gens.*) Je le veux!... (*Regardant Mlle Defresne.*) Et il n'y a que moi ici qui ai le droit de prononcer ce mot.

Mlle DEFRESNE, *avec dépit.*

Je ne signerai pas ce contrat,

LE MARQUIS.

Vous le signerez!

Mlle DEFRESNE.

Jamais.

HENRIETTE.

Ma tante...

LE MARQUIS, *appuyant et remettant son chapeau.*

Vous le signerez, vous dis-je, ou j'obtiens une lettre de cachet... et je vous fais renfermer pour le reste de vos jours!

Mlle DEFRESNE, *outrée et courant à la table pour déchirer le contrat.*

M'enfermer... moi!

LE MARQUIS.

Tandis que nous nous réjouirons avec les Nocé, les Grammont... (*appuyant*) nos amis communs... vous savez, de bons vivans... et que nous mangerons gaîment votre fortune jusqu'au dernier écu!

LE NOTAIRE, *bas, et retenant le contrat.*

C'est la coutume de Paris... allez doucement...

Mlle DEFRESNE, *exaspérée.*

Monsieur!... Dieu! qu'entends-je?... des équipages!... les dames que j'ai invitées pour la soirée!...

LE MARQUIS, *élevant la voix.*

Eh bien! madame! Eh bien...

Mlle DEFRESNE, *troublée.*

O ciel! elles montent l'escalier! (*Courant à la table.*) Je signe, monsieur. Je signe... mais vous êtes un homme affreux!

Elle signe.

LE MARQUIS, *reprenant son ton doux.*

Et vous une femme adorable!... J'étais sûr que vous finiriez par céder à la voix de la raison. Nous ferons un excellent ménage... (*A Jules.*) A mon tour je servirai de témoin à ce jeun homme.

Il signe.

JULES.

Ah ! monsieur.

Mlle DEFRESNE, *à elle-même.*

Cela me coûte cher !... mais enfin je suis marquise !

~~~~~~

SCENE XIX.

LES MÊMES, PLUSIEURS DAMES et AMIS, *en grande toilette du temps.*

CHŒUR.

AIR de la *Cachucha* (d'Hormille).

Vous qu'un sort heureux
Ici favorise,
Ah ! recevez nos vœux
Pour tous les deux !
Cet hymen flatteur,
Aimable marquise,
Doit vous combler d'honneur
Et de bonheur !

Mlle DEFRESNE, *avec embarras.*

De l'existence ici qui m'est promise,
Je viens déjà de goûter la douceur !

LE MARQUIS.

Ah ! vous aurez plus d'une autre surprise.

Mlle DEFRESNE.

Oui, je mourrai, je crois, de mon bonheur !

ENSEMBLE.

Vous qu'un sort heureux, etc.

Mlle DEFRESNE, *d'un air gracieux et répondant aux complimens.*

Merci, mes bonnes amies, merci... Je suis la plus heureuse des femmes. (*A part.*) J'étouffe... j'ai des palpitations. (*Haut.*) Quand on se marie selon son cœur ! (*A part, regardant le marquis.*) Le monstre ! je le déteste !

UN VALET, *annonçant.*

Un officier de l'ambassade de Sardaigne demande monsieur le marquis de Flory.

Mlle DEFRESNE.

Pour nous faire compliment ? Je serai enchantée que ces dames assistent... (*Au valet.*) Faites entrer.

~~~~~~

SCENE XX.

LES MÊMES, UN OFFICIER, *uniforme étranger.*

L'OFFICIER, *après avoir salué.*

Monsieur de Flory ?

LE MARQUIS.

C'est moi, monsieur.

L'OFFICIER.

...n ! c'est bien vous, monsieur, qui êtes au-

teur d'un pamphlet philosophique intitulé : *De la richesse des nations et de l'abus des privilèges.*

LE MARQUIS.

Moi-même, monsieur.

L'OFFICIER.

Cet ouvrage a été déféré au conseil souverain de Sardaigne, et c'est avec regret que par arrêt dont voici une expédition... votre nom est rayé des archives nobiliaires du royaume ; vous êtes déchu du titre de marquis, et il vous est fait défense expresse d'en prendre à l'avenir le nom et les armes.

Il lui remet un papier scellé, salue et sort.

LE MARQUIS, *le reconduisant.*

En vous remerciant, monsieur... Bien mes complimens au conseil souverain.

Mlle DEFRESNE, *étourdie.*

Qu'est-ce que cela signifie ?

LE MARQUIS, *gaiement.*

Que je ne suis plus marquis, ma chère dame ; que je ne puis plus en prendre les armes, ni vous non plus... mais vous n'y tenez pas, et quand on s'est marié selon son cœur...

Mlle DEFRESNE.

Je ne suis plus marquise !...

— TOUTES LES FEMMES, *entre elles.*

Oh ! c'est charmant...

Mlle DEFRESNE.

Et moi qui ne me suis mariée que pour cela... (*Tombant sur un fauteuil.*) Quelle trahison !... quelle horreur !... je suffoque !...

Tout le monde s'empresse pour la secourir, lui faire respirer des sels :

TOUTES LES FEMMES, *entre elles.*

Pauvre femme... elle se meurt !...

~~~~~~

SCENE XXI.

LES MÊMES, MAGLOIRE.

MAGLOIRE, *accourant.*

L'intendant va se rendre ici. (*Voyant la marquise évanouie.*) Hé ! bon Dieu !... qu'y a-t-il donc ?

LE MARQUIS.

Une attaque de tendresse conjugale !... Madame vient d'apprendre que par arrêt du conseil de Sardaigne j'étais déchu du titre de marquis, et l'affection qu'elle me porte...

MAGLOIRE.

Comment ! vous n'êtes plus marquis ?... vous êtes destitué ?... Quelle indignité !... (*A part.*) Il était temps de la marier. (*Haut.*) Je me doutais que votre diable de philosophie... (*A Mlle Defresne.*) Après tout, ma chère dame, un peu de fermeté... Comme dit Mahomet dans M. de Voltaire : « Les hommes sont égaux... ce n'est pas la » naissance... c'est la seule vertu... »

Mlle DEFRESNE, *revenant à elle.*

Laissez-moi donc tranquille avec votre vertu !... que va dire la Prilly ?... me trouver mariée à un homme de rien... m'appeler madame Flory, tout court... après les sacrifices que j'ai faits !...

LE MARQUIS, *fièrement.*

Hé ! madame... me croyez-vous capable d'en abuser ?... Je ne voulais qu'assurer le bonheur de ces deux enfants, j'y ai réussi... vous avez tout ratifié en votre nom ; vous avez signé leur contrat, voici le nôtre... (*il le tire de sa poche et le déchire*) trop heureux d'échapper...

TOUS.

Comment !...

MAGLOIRE, *criant.*

Qu'est-ce que vous faites ?... qu'est-ce que vous faites ?... Dieu !... le contrat qui me payait ma créance, en mille pièces !... (*Tombant sur un fauteuil de l'autre côté.*) Je suis ruiné... abîmé... je me meurs !...

LE MARQUIS.

Allons, ne faut-il pas te faire respirer des sels aussi, à toi ?...

MAGLOIRE, *d'une voix dolente.*

Je suis asphyxié !... mes infortunes vingt-trois mille quatre cent dix-sept livres huit sous six deniers... quand je disais que je ne les verrais jamais...

JULES.

Je m'en charge, moi !

HENRIETTE.

Certainement.

MAGLOIRE.

C'est ça ! un peintre !... c'est pour m'achever...

LE MARQUIS.

Sois tranquille... je te paierai.

MAGLOIRE.

Et avec quoi, malheureux marquis que vous n'êtes plus ?... (*Tirant avec fureur une lettre de sa poche.*) Tenez, voilà une lettre qu'on vient d'apporter ; je suis sûr que c'est encore quelque créancier ! il en est cousu de la tête aux pieds... peut-être le tailleur, le chapelier...

LE MARQUIS, *qui a lu la lettre.*

Qu'ai-je lu ?... il serait possible !... Tiens, Magloire, te voilà payé.

Il lui donne la lettre.

MAGLOIRE.

Avec ce chiffon ?

LE MARQUIS.

C'est de l'or en barre... et maintenant nous pouvons nous séparer, puisque je te suis à charge.

MAGLOIRE, *attendri.*

Laissez donc ! est-ce que je peux vous quitter ? est-ce que je ne vous suis pas attaché comme le lierre à l'ormeau ?... (*Mettant ses lunettes.*) Voyons un peu cette épître... (*Regardant la signature.*)

M. de Voltaire !... mauvaise signature... quel que effet véreux !... (*Il lit.*) « Mon cher marquis... (*S'interrompant.*) Il ne sait donc pas ?... il aurait dû mettre : Feu monsieur le marquis. (*Lisant.*) « Je ne m'étais pas trompé sur le sort qui atten- » dait votre excellent écrit : *De l'abus des privi-* » *léges...* Les libraires de la Hollande viennent » de me payer la seconde édition quarante mille », livres, qui vous attendent chez moi. »

TOUS.

Quarante mille livres !...

MAGLOIRE.

Ah !... c'est une belle chose que la philosophie !... (*Continuant avec émotion.*) « Votre fortune désor- » mais est au bout de votre plume ; il est beau, » mon cher marquis, de ne la devoir qu'à soi- » même, et de savoir mépriser les titres » et les grandeurs... VOLTAIRE, gentilhomme ordi- » naire, chambellan, grand-cordon de l'aigle de » Prusse, etc., etc.» (*A lui-même.*) Ah !... bien ! le génie est au-dessus des règles, et en faveur des quarante mille livres...

LE MARQUIS, *souriant.*

Tu lui pardonnes ?...

MAGLOIRE.

Et à vous aussi !...

HENRIETTE, *près du Marquis.*

Oh ! que je suis contente !... Vous ne nous quitterez pas, monsieur le marquis ?...

JULES, *de même.*

Je travaillerai jour et nuit pour m'acquitter...

LE MARQUIS, *ému.*

Oui, mes amis, oui, vous serez ma famille.

MAGLOIRE.

Et moi, je chausserai toute la maison... (*Regardant les souliers de Jules.*) Ça n'est pas bien fait, ça !...

Il passe auprès de Mlle Defresne.

Mlle DEFRESNE, *avec un soupir.*

Ah ! comme j'ai été trompée...

MAGLOIRE.

Cela arrive quelquefois... la noblesse est si mêlée !... Mais si vous voulez, je puis vous fournir un baron allemand qui me doit quelques petites choses...

Mlle DEFRESNE, *sèchement.*

Merci, j'en ai assez.

MAGLOIRE.

A votre aise !... (*A lui-même.*) Je m'en vais faire une petite visite à M. de Voltaire ; je ne serai pas fâché d'avoir des nouvelles de la Hollande !

CHŒUR FINAL.

AIR *de la Cachucha* (de M. Hormille.)

C'est le plaisir ici qui nous appelle !...
Et pour les voir unis en ce beau jour...
Qu'à l'instant même une amitié fidèle
Bénisse entre eux l'hymen et l'amour.

FIN.

PARIS. — IMPRIMERIE DE Ve DONDEY-DUPRÉ, Rue Saint-Louis, n° 46, au Marais.